MINHA CABEÇA DÓI

MINHA CABEÇA DÓI

ALÊ MOTTA

FARIA E SILVA
Rio de Janeiro, 2024

Minha cabeça dói

Faria e Silva é uma empresa do Grupo Editorial Alta Books (STARLIN ALTA EDITORA E CONSULTORIA LTDA).

ISBN: 978-65-6025-117-5

Impresso no Brasil – 1ª Edição, 2024 – Edição revisada conforme o Acordo Ortográfico da Língua Portuguesa de 2009.

Dados Internacionais de Catalogação na Publicação (CIP)
(Câmara Brasileira do Livro, SP, Brasil)

Motta, Alê
Minha cabeça dói / Alê Motta. -- Rio de Janeiro : Faria e Silva Editora, 2024.

ISBN 978-65-6025-117-5

1. Ficção brasileira I. Título.

24-203682 CDD-B869.3

Índices para catálogo sistemático:

1. Ficção : Literatura brasileira B869.3

Eliane de Freitas Leite - Bibliotecária - CRB 8/8415

Faria e Silva é uma Editora do Grupo Editorial Alta Books

Produção Editorial: Grupo Editorial Alta Books
Diretor Editorial: Anderson Vieira
Editor da Obra: Rodrigo Faria e Silva
Vendas Governamentais: Cristiane Mutüs
Gerência Comercial: Claudio Lima
Gerência Marketing: Andréa Guatiello

Produtora Editorial: Milena Soares
Revisão: Amanda Penachin; Renata Vetorazzi
Projeto Gráfico e Diagramação: Aurélio Corrêa
Capa: Beatriz Frohe

ALTA BOOKS
GRUPO EDITORIAL

Rua Viúva Cláudio, 291 – Bairro Industrial do Jacaré
CEP: 20.970-031 – Rio de Janeiro (RJ)
Tels.: (21) 3278-8069 / 3278-8419
www.altabooks.com.br – altabooks@altabooks.com.br
Ouvidoria: ouvidoria@altabooks.com.br

Editora **afiliada à:**

ASSOCIADO

EPÍGRAFE:

"Tenho visto tudo o que é feito debaixo do sol; tudo é inútil, é correr atrás do vento!"
Eclesiastes 1:14

DEDICATÓRIA:

Ao meu Espetáculo,
que sempre deixa meus dias interessantes.

Ao Fernando,
meu irmãozinho querido, que odeia pentear os cabelos, tem as melhores gargalhadas, e é genial.

AGRADECIMENTOS:

AGRADEÇO A DEUS, QUE DIRECIONA MINHA VIDA.

À minha família, que me apoia imensamente.

Aos amigos e queridos companheiros de escrita que leram o original: João Anzanello Carrascoza, Fernando Molica, Itamar Vieira Júnior e Sérgio Tavares.

Ao Rodrigo Faria e Silva, meu editor, que acreditou neste projeto.

Aos amigos escritores: Anderson Henrique, Estela Menezes, Juliana Leite, Cinthia Kriemler e Adriane Garcia, pelas trocas (literárias e não-literárias).

Aos que leram versões anteriores e deram sugestões: Calebe Motta, Anderson Henrique, Tiago Espanha, Mateus Espanha.

Aos meus adolescentes incríveis.

A você, que está com este exemplar nas mãos.

1.

MEU PAI ME LEVOU PRA PASSEAR NAQUELE CARRO VELHO UMA ÚNICA VEZ, e me abandonou, com o rosto encravado nas ferragens, depois que capotamos. Não esqueço a dor e o cheiro da bebida. Eu tinha onze anos, hoje tenho dezessete.

O carro ficava estacionado na frente da nossa casa sem garagem e meu pai nunca nos levava pra dar uma volta. Nós queríamos muito, mas ele dizia que eu e minha mãe não precisávamos do carro, bastavam os nossos pés pra andar nas ruas do bairro. Eu era uma criança e ela era uma mulher sem trabalho. Carro era pra ele, homem feito, sujeito cheio de responsabilidades, o chefe da casa. Falava também que a gasolina era muito cara, não fazia sentido andar de carro sem motivo especial. Ele saía no carro sozinho, sempre. Eu nunca consegui imaginar qual era esse motivo especial. E nunca questionei, porque deixar meu pai nervoso não era nada bom.

O dia do acidente foi uma exceção. Ele me chamou pra andar de carro, capotamos e a época mais confusa da minha vida, que já não era uma vida fácil, começou.

2.

Meu pai sumiu depois do acidente. Desapareceu. Ele não esperou meu resgate e não acompanhou os meses em que mofei no hospital. Sequer ligou. Imediatamente se transformou no irresponsável que abandonou o filho pequeno. Sim, o imbecil que capotou porque dirigia bêbado e quase me matou. Ele era o assunto nas casas e nos botecos do bairro. Um "homem-cagão", desprezível.

Depois do acidente, sonhei várias vezes que não tinha acontecido nada. Acordava animado, até encarar o espelho e ver meu rosto com a cicatriz. Tão difícil aceitar.

No primeiro mês da minha internação, insisti nas perguntas sobre meu pai:

Onde ele tá?

Ele se machucou também? O que aconteceu com ele? Ele tá em algum hospital?

Ninguém respondeu. Era uma vergonha, mas eu me preocupava com ele e carregava a esperança de que ele se transformaria num bom pai. Neste dia tudo teria uma explicação. Tudo.

3.

Fiz oito cirurgias. Tomei uma montanha de remédios. Decorei os nomes de todas as equipes do hospital – os enfermeiros, os médicos, os serventes, os seguranças. Fiquei quase dez meses internado.

Perdi sete dentes, as minhas gengivas ficaram feridas por muito tempo, sofri com tremores nas mãos e torcicolo, o meu maxilar e a minha mandíbula foram destroçados.

Depois da quinta cirurgia as dores amenizaram.

4.

Minha mãe ficou grávida de mim quando era adolescente. Ela estudou num colégio particular, onde conheceu meu pai. Ele trabalhava na cantina, tinha vinte e poucos anos. Foi assim que toda a merda começou. Ela só tinha contato com aqueles adolescentes bobos do colégio e, de repente, um cara mais velho começou a dar atenção e fazer trocadilhos com o nome dela:

Estela, tão bela. Estela, estrela

Minha mãe ficou encantada com o meu pai, o João lindo da cantina.

Eu lembro que ele quebrava o pau com minha mãe, porque meu nome não é igual ao nome dele. Eu não sou o Júnior. Homens como meu pai querem ter filhos homens, que levem seu nome adiante. Ele dava porrada na minha mãe, e perguntava, repetidamente, se o meu nome era o nome de algum *playboy* do colégio, algum filhinho de papai. Minha mãe respondia que sempre gostou do nome, por isso tinha escolhido, e que não era por causa de ninguém.

Meu pai odiava meu nome. Meu nome é Otávio. Mas o meu nome não importa nessa história.

5.

ANTES DO ACIDENTE, EU E A MINHA MÃE ÍAMOS A HOSPITAIS GRANDES E VELHOS, parecidos com o hospital em que fiquei internado. Minha mãe preferia variar de hospital, porque nunca sabia em qual deles encontraria médicos disponíveis, e menos fila. A gente morava num bairro-favela, numa cidade distante dos meus avós, pois meus pais fugiram quando minha mãe ficou grávida de mim. Sem o apoio de nenhum parente, sem dinheiro, sem plano de saúde, dependíamos dos hospitais públicos.

A tática da minha mãe nunca funcionava. Na maior parte das vezes, ela sumia pelos corredores dos hospitais, procurando ser atendida, enquanto eu aguardava muito tempo, com fome e sozinho, em cadeiras desconfortáveis, ao lado de pessoas estranhas. Ela voltava exausta, trazendo curativos e amostras grátis de analgésicos. Era comum precisar me sacudir pra eu despertar do sono.

Algumas vezes, antes de irmos embora, alguém nos acompanhava pelos corredores, recitando conselhos. Tentativas frustradas de libertar minha mãe da violência. Qualquer pessoa que a atendesse, imediatamente notava que estava rolando abuso. Que era preciso mudar a triste realidade daquela mulher-quase-menina.

O ar de tristeza da minha mãe incomodava. As vizinhas não tinham paciência com as lamentações dela. Tudo parecia pouco praquela mulherada sofrida que morava na nossa rua.

Eu olhava pra minha mãe e tinha dúvidas se ela era minha mãe de verdade, ou era uma boneca gigante de plástico, programada pra ser mãe de um garoto e esposa de um canalha. Ela nem olhava muito pra mim. Não olhava pro meu pai. Não olhava pra ninguém.

Até o dia do meu acidente, eu tentava proteger minha mãe, grudando nela o dia inteiro. Era horroroso não conseguir ser um protetor, não ter forças pra encarar o meu pai. Ela continuava apanhando, ele continuava batendo e eu não fazia nada além de chorar todas as noites. Eu orava, pedia a Deus pro meu pai parar de ser mau, ou pra eu dormir rápido, ou pra desaparecer o barulho dos berros, dos empurrões, dos gritos e dos tapas. Quando recordo desse tempo, tenho vontade de chorar.

6.

LIA, MINHA MELHOR AMIGA, era a única capaz de me afastar da frustrada tarefa que era proteger a minha mãe.

Quando fiquei internado, Lia copiou as matérias do colégio pra mim, apesar da minha mãe dizer que eu deveria esquecer a escola enquanto me recuperava, que ter sido abandonado por um pai bêbado era muito mais grave do que qualquer atraso na minha educação.

Lia tem quatro irmãos. Ou melhor, tinha quatro irmãos. Um deles morreu num tiroteio ano passado. Era envolvido com o tráfico e não escapou de um confronto com a polícia.

Eles moravam ao lado da nossa casa e eram uma família estranha. Naquela rua e naquele bairro, todos éramos estranhos. Em nenhuma casa as coisas eram tranquilas. Eu odiava aquele lugar.

Na casa da Lia o problema maior não era o pai — era a mãe. Uma mulher que saía de casa descabelada, com roupas ao avesso, falando sozinha ou conversando com cachorros, passarinhos e gatos. Todo mundo ria.

Eu ria por dentro, pra não magoar a Lia. Amigo tem que agir diferente.

Um dia, a mãe da Lia subiu na cumeeira do telhado da igreja do nosso bairro e se jogou, com um balde agarrado ao peito, gritando: *Eu amo minha filha!*. O balde rachou. A alça de alumínio ficou intacta. Ela morreu.

Lia foi criada pelo pai, com carinho. Os irmãos, que a mãe não citou na hora do grito de morte, foram criados na base da porrada.

Lia passava muito tempo sentada na varanda, lendo dicionários que ela pegava emprestado na pequenina biblioteca da nossa escola. Pedro, um garoto que morava na nossa rua e tentava ser meu amigo, falou que ela era a doida do dicionário, filha da doida do balde. Quem endoidou fui eu. Dei muito soco, mordida e pontapé nele. Defendi minha amiga. Nem me importei com a bronca da minha mãe, pelo estrago na camiseta. Nunca mais olhei na cara do Pedro.

7.

MUITOS MENINOS E MENINAS ERAM CRIADOS pelas mães no nosso antigo bairro. Os pais eram policiais mortos pelos bandidos. Ou bandidos mortos pelos policiais.

Mas havia um terceiro grupo. Os bêbados. Esses escapavam da morte várias vezes. Viviam cambaleando pelas ruas, levando porradas no boteco da esquina. Em suas casas eram violentos com as suas mulheres e filhos. Meu pai era um deles. Nas calçadas e no boteco, era contador de piadas, tratado como um cara engraçado, e dentro da nossa casa, um cara extremamente violento. Ele usava minha mãe como saco de pancadas. Começava com uma frase de desaprovação, a comida estava sem sal, as roupas estavam amassadas, o pente sumiu e em segundos eram berros. Ele começava a socar, chutar, empurrar, xingar. Minha mãe tentava fugir dele, na nossa casa minúscula, sem sucesso.

8.

MEU PAI AFASTOU A MINHA MÃE DOS MEUS AVÓS quando fugiram de casa. E os reaproximou quando me abandonou imprensado nas ferragens do seu carro.

O acidente aconteceu num sábado à tarde. A minha mãe estava tomando banho e o meu pai chegou, andando torto. Perguntou: *Onde ela tá?*, e quando eu apontei o banheiro, ele pegou a chave do carro. Não precisou me convidar mais de uma vez. Eu era louco pra andar de carro. Nunca tinha entrado num. Nem pensei na minha mãe. Nem lembrei que de manhã eles tinham brigado muito. Esqueci que ele atirou nela uma tampa de panela, esqueci o quanto ela chorou, esqueci que ela ficou com o rosto inchado e vermelho. Eu tinha onze anos e só queria passear de carro.

Hoje eu sei que ele fez isso pra magoar minha mãe. Ela ficou louca quando saiu do banho e não me encontrou.

Ela ficou desesperada horas depois, quando soube do acidente.

9.

APOSTO QUE ERRARAM AO DEFINIR MINHA MEDICAÇÃO. Eu senti dores alucinantes. Cãibras. Sonolência. Gosto constante de remédio na boca. Minha cabeça inchava e depois ficava leve, oca. Eu era um menino medroso e quietinho até o acidente. Fiquei internado e minha rotina se transformou. A mistura dos sulfatos, cloridratos, morfinas e atropinas alterou meu temperamento. Deixei de ser calado pra ser sarcástico.

Na minha enfermaria ficavam quatro leitos. Os lençóis eram verdes clarinhos, muito feios e gastos. Uma das luminárias estava meio torta no teto e parecia que ia cair a qualquer momento.

Enquanto eu estava internado, vários garotos passaram por lá. Lembro do que foi baleado num tiroteio, de outro que despencou de um caminhão em movimento, dos gêmeos envolvidos pelos pais num assalto no subúrbio, e de um menino vesgo, que a mãe esquizofrênica tentou matar afogado num tonel de água suja, ao lado de uma borracharia. Ainda me irrito ao lembrar dele se contorcendo no leito, chorando o tempo todo. Um choro de cachorro, fungando. Uma merda de um som repetitivo, e pra completar, ele sempre tinha meleca escorrendo pelo nariz. Nojento. Juro que naqueles dias eu tinha pena da mãe dele não ter conseguido matá-lo.

Minha mãe passava parte dos dias comigo no hospital. Dormia cinco noites da semana, minha avó dormia duas noites. Minha avó surgiu assim na minha vida. Era uma velha gorda e debochada. Morreu ano passado e eu não fui ao enterro. Se ela morresse dez vezes, dez vezes eu não iria ao enterro. Acho velório, enterro, tudo isso uma perda de tempo. Meu pai sumiu e ninguém se importou. As pessoas vêm e vão. É a vida. Minha avó com certeza falou muito na cabeça da minha mãe pra ela nunca mais aceitar meu pai, se ele aparecer um dia.

Os cabelos da minha avó estavam sempre escovados. Qualquer dia da semana ela parecia pronta pra um casamento, desses de classe média que acha que está arrasando e, na verdade, a festa é toda feita de mau gosto e exageros. Minha avó era uma velha ridícula. Em seus dias de dormir comigo no hospital, ela chegava seis da tarde, com cara de má vontade. E sono. Preparava um chá, desses de saquinho. Tomava, olhando pra janela. Quem faz isso num hospital público, caindo aos pedaços? Sete e meia da noite ela roncava como um demônio, mesmo dormindo meio sentada, naquela poltrona dura. Do corredor dava pra ouvir seus roncos.

Naqueles dias, comecei a odiar minha avó. Um ódio imenso. Imaginei umas trinta maneiras de matá-la, ou opções pra que ela morresse sem minha participação. Engasgada no próprio ronco, espremida até estourar entre o meu leito e o sofá, sufocada com o travesseiro, estrangulada pelo lençol, entalada com soro, intoxicada com antibióticos ou espancada com sua escova de cabelos.

Numa das noites, cansei da barulheira da minha avó e da maldade que recheava minha mente, e saí do meu quarto. Foi o início dos melhores dias da minha internação. Conheci cada canto do hospital. Todos sentiam pena de mim, e permitiam meus longos passeios. Permitiam, ou fingiam não notar. Naquele hospital, não controlavam tudo. Era muita gente pra ser acudida, e pouco profissional pra acudir.

10.

SE EU FOSSE UM ADULTO, O SENTIMENTO SERIA DE REPULSA. Meu rosto, impressão em baixo-relevo, entortado, agredido pelas ferragens do carro velho do meu pai, não era uma visão agradável. Mas eu era uma criança.

Depois que comecei a perambular pelos corredores do hospital, fiz muitos amigos, e alguns eu nunca esqueci. Um deles foi o Alfredo. Era velho, cadeirante e gostava de contar mentiras óbvias, que me divertiam. Eu precisava me divertir.

Outro amigo era um funcionário antigo do hospital. Trabalhava esfregando chão, carregando baldes, panos. Carregava material de limpeza pra sua casa também. Adorava sua esperteza. Seu nome era Jonas. Quando o conheci, pensei na história do seu xará da Bíblia, que ouvi na Escola Dominical, na igreja em que minha mãe e eu íamos. Jonas da Bíblia fugiu de Deus e foi engolido por um peixe enorme. O Jonas do hospital era mais esperto. Anos e anos roubando, e nunca se deu mal.

A Madalena era uma garota que passou por várias cirurgias como eu, e tinha a minha idade. Onze anos. Ela era órfã de mãe e era criada pelo pai, um homem asqueroso, depravado. Falava obscenidades pras enfermeiras, contava piadas machistas nos corredores e fazia sei-lá-o-que com a filha. Enquanto eu ansiava por uma visita do meu pai, Madalena preferia os dias em que o dela não aparecia.

Era bom conversar com ela. Eu nunca tinha tido amigos, além da Lia. Era uma novidade. Eu passei muitas horas conversando com Madalena, sobre qualquer coisa ou muita coisa. Até o dia em que ela teve duas paradas cardíacas. E não resistiu.

Também fiquei muito amigo de um enfermeiro com voz de locutor, o Gilmar. Ele pegava todas as enfermeiras e técnicas de enfermagem — desde que fossem bonitas, e me emprestava revistas pornográficas. Nos finais de tarde ele nomeava temas pra nossas conversas:

Como conquistar a mulherada, Como mentir com elegância, Como atrair a simpatia das pessoas.

Depois de um tempo, conheci o Celso. Era um advogado rico, e o escritório dele dava apoio gratuito ao hospital, pra famílias com problemas de violência. A assistente social indicou o caso da minha mãe. Ele fez ordem de restrição pro meu pai, tomou algumas providências pra, teoricamente, proteger minha mãe e eu, caso meu pai aparecesse. Ninguém me contou nada disso, ninguém me explicava nada. Eu ouvia pedaços de conversas.

Celso não me agradou. Ele estava pegando a minha mãe.

11.

NO TERCEIRO MÊS DA MINHA INTERNAÇÃO, eu completei doze anos. Minha mãe fez algo inédito pra mim. Uma festinha de aniversário. Foi na ala sul, prédio dois, enfermaria três, Pediatria.

Enfermeiros, médicos, meus avós, o Celso com um filho que eu nem conhecia, todos se espremeram na minha enfermaria, comendo bolo-brigadeiro e guaraná. Os outros meninos internados ficaram muito felizes. Duas enfermeiras penduraram bolas nas janelas. Fizeram tanta confusão, mas esqueceram de chamar a Lia.

Fui simpático com todos, a tarde toda. Disfarcei uma dor miserável e a raiva de não ter a Lia na minha primeira festa de aniversário. O menininho-com-cicatriz-abandonado-pelo-pai- irresponsável precisava de atenção.

Odiei tudo. Mas sorri e agradeci.

12.

Hoje tenho certeza – eu não detestava o Celso. Nunca o detestei. O que eu detestava era admitir que meu pai perdia feio pra ele. Vivi aqueles meses frustrado com a ausência do meu pai e a presença do Celso.

Miltinho, um paciente cego de um olho, que foi atropelado por uma kombi, me falou do AA, que recuperava alcoólatras. Os passos, as reuniões, explicou um monte de coisas. Imaginei meu pai numa das reuniões, deixando de lado o vício. Sonhei até que ele me levava pra ver o Flamengo jogar no Maracanã, e a gente se divertia muito. Acordei e não tinha pai sem vício, nem ingresso de jogo. Era mais um dia de hospital, com remédios na veia.

Enquanto eu me frustrava, minha mãe estava obcecada, pensando em três coisas:

1 - Arrancar a cicatriz do meu rosto. Cada cirurgia era celebrada como uma premiação. Ela parecia drogada a ponto de rir histericamente e dançar, sem música, na minha anêmica enfermaria do hospital.

2 - Casar com o Celso e inaugurar a família perfeita. Ela, Celso, o filho dele e eu.

3 - Ganhar o apoio dos meus avós para o casamento.

13.

MINHA MÃE SE CASOU COM O CELSO UMA SEMANA ANTES DA MINHA ALTA. Tem uma foto, num porta-retratos, com os dois no cartório. Minha mãe muito arrumada e o Celso muito sorridente.

Ela concluiu, sem pedir minha opinião, que era melhor se casar pra eu recomeçar a vida fora do hospital na nova família. Soube dos seus planos quando ela passava um dos cremes na minha cicatriz, num fim de tarde.

A pomada está acabando. Vou me casar semana que vem, Otávio.

Ela não se incomodou com minha reação. Foi procurar na enfermaria uma bisnaga nova do creme.

Meus avós tinham pavor do meu pai, mas não encaravam com alegria a ideia do casamento com o Celso, que não era vagabundo, nem alcoólatra, tinha casa própria num bairro ótimo, carro novo e um escritório conceituado. Mas era preto. Isso manchava o projeto-sucesso da minha mãe.

14.

As cirurgias não consertaram meu rosto, e minha mãe não disfarçou sua chateação. Ela perseguia os especialistas pelos corredores do hospital. Pesquisava remédios e outras opções de tratamento. Eu fiquei exausto de tanto mexerem em mim. A única vantagem era quando aplicavam mais medicação. Do tipo que me deixava grogue. Eu adorava ficar chapado. Ainda hoje eu me amarro.

Na última semana em que fiquei no hospital, sem dar nenhuma explicação, minha mãe abandonou todas as pesquisas. Todas. Tudo mesmo. Desistiu por completo da ideia de se livrar da minha cicatriz. Eu, que queria tanto o fim daquela obsessão, fiquei arrasado e confuso com sua repentina mudança de atitude.

Na véspera da saída do hospital eu ganhei alguns presentes. Gilmar escondeu na minha mala algumas revistas pornográficas que ocupariam muito do meu tempo. Alfredo me deu um longo abraço-discurso e afirmou que eu seria bem-sucedido em todas as áreas da minha vida. Mais uma mentira do velho tagarela. Jonas me entregou uma sacola cheia de analgésicos furtados da farmácia do hospital. Enfiei no fundo da mala, ao lado das revistas.

Fiquei tanto tempo internado que perdi pra sempre os meus tênis azuis velhos, e eu gostava muito deles, mas o meu pé cresceu. O meu único e surrado jogo de tabuleiro, além dos meus álbuns velhos de futebol, sumiram na mudança. Perdi minha bola de futebol, presente de um político com cara de aproveitador que fazia a alegria da garotada no bairro em anos de eleição. Perdi o ano no colégio. E pra piorar tudo na minha vida, a Lia não seria mais minha vizinha, porque minha mãe se casou com Celso e a gente ia se mudar pra casa gigante dele. Ou melhor, eu ia me mudar. Minha mãe já estava morando lá.

Minha mãe ganhou o Celso e seu filho. Ganhou a casona com gramado e janelões, ganhou uns saltos altíssimos, já que o Celso tem quase dois metros de altura e ela tem apenas um metro e sessenta. Ganhou crédito no cartão, e antes ela nem tinha cartão. Ganhou cabeleireiro e manicure todos os sábados. Ganhou aliança de ouro larga com nome e data gravados. Ganhou o casamento civil e o sobrenome do Celso.

Eu comecei a gostar um pouco menos da minha mãe. Eu perdi e ela ganhou. Antes do meu acidente, a gente sempre perdia ou ganhava junto.

15.

Ao contrário da minha mãe, as pessoas não ficavam indiferentes. Olhavam pra mim apertando os olhos, mordendo os lábios, levantando as sobrancelhas.

Respondi muitas perguntas sobre a minha cicatriz. Criei várias versões do acidente. Escolhia qual contar pela cara do interlocutor. Pro caixa do supermercado, uma versão resumida. Pro novo professor de matemática que não fui com a cara, uma versão estendida, assustadora. Pra um vizinho rico e antipático, uma versão absurda que envolvia abuso e depressão.

Comecei seguindo as dicas do Jonas. É possível caprichar nas mentiras. Chocar, agradar, angariar simpatia. Os resultados são incríveis quando nos dedicamos a deturpar situações. Não demorou muito e logo eu desenvolvi meu próprio estilo.

16.

Eu e a Lia nos encontramos muitas vezes na praia do meu bairro chique, que fica distante alguns quilômetros do nosso bairro pobre. Antes do meu acidente, nós dois nunca tínhamos visto o mar. Ter o mar sempre disponível, tão pertinho, era uma das poucas alegrias da minha nova vida. A gente se sentava na areia, catava conchas, jogava pedras na água, nadava, fazia uns castelos de areia muito feios. E eu esquecia o dia do acidente. Esquecia o meu pai, a minha mãe, o Celso, o filho do Celso, os meus avós. As ondas, a maresia, tudo me acalmava. Era maravilhoso. Principalmente porque a Lia estava ao meu lado. Tudo é maravilhoso com a Lia ao meu lado.

17.

Na casa nova as contas eram pagas pelo organizado Celso. Tudo diferente da nossa casa anterior, com vazamentos, pisos rachados, telhas partidas, contas atrasadas. Na nova rua a coleta de lixo era diária. As calçadas, canteiros e meio fio eram bem cuidados. As árvores com suas podas programadas, o carteiro sempre pontual. As casas não tinham muros com marcas de tiro e portões caindo aos pedaços. Fiquei chocado com a diferença.

Nossa casa. A casa do preto rico e da branca bonitona. Eu era a última aquisição — o branquelo esverdeado de hospital. Éramos a atração da rua.

Quantos racistas você conhece? Meus avós são racistas. Eles são como a maioria das pessoas que não admitem, não saem declarando isso pelas ruas, mas são racistas, sim. Ficam apreensivas com a proximidade do menino sem camisa e descalço, ou do homem com casaco barato que caminha ao lado delas na escada do metrô. Basta ser um preto.

Não é difícil observar muita gente apertando o passo, olhando pro lado umas três vezes, pra garantir que está tudo bem.

Meus avós levaram um susto quando souberam do Celso. Concluíram que, com a minha mãe, era só decepção. Mas foram surpreendidos, porque o Celso conseguiu rapidamente agradá- los. Minha avó, com seus cabelos escovados de festa e deboches na ponta da língua, ganhou um caríssimo colar de pérolas. Meu avô, um título de sócio do seu time do coração. Estava feita a aliança. Superaram a questão racial. Do bêbado-vagabundo para o preto-rico. Enfim minha mãe marcou pontos.

Depois do acidente, meu contato diário era com esse pai totalmente diferente. Inesperado. O Celso, um preto rico. E pretos ricos eram raridade. Pretos ricos são raridade neste país.

18.

Vários adolescentes cresceram ao meu lado no Miami Beach e não se tornaram meus amigos, ou amigos do Rui, filho do Celso. Eles não nos incluíam em suas vidas. O olhar de cada um deles, dirigido com desafio indisfarçado a mim e ao Rui, muitas vezes era de superioridade ou de nojo. Eu retribuía com olhar de deboche.

Eu e Rui também nunca nos tornamos amigos de verdade. Sentia raiva dele, porque a minha mãe decidiu o casamento, e a vida nova, sem que eu participasse das escolhas. O moleque caiu de paraquedas na minha vida. Eu não era e não sou obrigado a aceitar um irmão, do nada. Talvez eu tenha herdado da minha avó esse lado mau. Ela deixou minha mãe sofrendo naquele bairro de merda por implicância com o meu pai, e eu deixei o Rui de lado, porque sabia que minha mãe queria que eu o tratasse como irmão.

19.

Observar se tornou meu passatempo e compromisso predileto. Estou sempre de olho nas pessoas. Nas ruas do condomínio, nas casas do bairro. Na janela da sala da casona chique do Celso, eu me sentava por horas, e ainda hoje demoro por ali, com o objetivo de incomodar os vizinhos.

Na época em que saí do hospital, eu preferia não ter recebido alta. Tive que encontrar uma distração pra vida fora do hospital. Naquela vizinhança descobri que poucas pessoas conseguem ficar tranquilas quando as olhamos demoradamente nos olhos. Eu sou capaz de encarar as pessoas e deixá-las atordoadas. Fico feliz desnorteando pessoas.

Um dos nossos vizinhos era um casal sem graça de ricos cafonas, com quatro filhos adolescentes. Se mudaram no início deste ano para a Nova Zelândia, não moram mais no nosso condomínio. O Miami Beach perdeu os loiros, branquelos, posudos, com olhos muito azuis. Uma das filhas foi namorada do Rui. Ela era a única adolescente do condomínio que nos cumprimentava, sorria sem afetação e não nos tratava como intrusos.

Eles namoraram uns quatro meses. O Rui batalhou para ser impecável, atencioso e educado com ela, e com todos os muitos loiros da família. O retorno que recebeu foi nunca, nunquinha, ser convidado pra entrar na casa da menina.

Da nossa sala de tevê víamos a cozinha da casa deles. Era muito menor que a nossa. Da nossa sala de tevê eu vi e ouvi as muitas gargalhadas de comemoração que os pais da garota deram, num final de tarde chuvoso. O sábado em que o namoro deles terminou.

20.

ALGUMAS VEZES PERGUNTEI À MINHA MÃE POR QUE PARAMOS OS REMÉDIOS, os cremes, as tantas consultas e as prováveis cirurgias. Ela sempre demorava a responder ou ignorava. Nas poucas vezes em que abriu a boca, frisou que eu deveria continuar usando o protetor solar.

Evita ficar com a marca negra.

Parei de fazer perguntas sobre a minha cicatriz.

O Rui é apenas um ano mais velho que eu. Negro bonitão, alto como o pai. Ombros largos. Atleta, com notas altas no colégio. Filho exemplar. Enteado exemplar. Aluno exemplar. Atleta exemplar. Um cara incrível, puta merda.

Ele sempre teve um objetivo. Repetia semanalmente, e era um saco ouvir, que cursaria Direito e transformaria o escritório do pai no escritório mais conceituado da cidade. Mudaria o *status* de pretos-bem-sucedidos pra pretos-mais-bem-sucedidos-que-todos-os-demais-advogados-pretos-e-brancos-da-cidade.

Ele está na universidade, com notas altas, e já deve ter uma galera com raiva dele e outra galera grudada nele, tipo sanguessuga, pra ter vantagens. O preto inteligente deve incomodar.

21.

LOGO DEPOIS QUE MUDAMOS PRA CASONA, o Celso definiu um programa semanal que envolvia os "homens da casa" — futebol com outros moradores do Miami Beach, nas manhãs de sábado. Era um grupo metido de riquinhos, que pouco jogavam e muito reclamavam.

Rui era o goleador, o craque. Celso era o goleiro, o paredão. E eu, o reserva que poderia jogar melhor, mas não via motivo pra esforço, não gostava de ninguém. Decidi jogar mal logo no primeiro jogo, pra ganhar meu posto vitalício.

Eu me sentava no canto do banco, apoiava a cabeça na mureta e dormia. No final do jogo eu estava amarrotado e descabelado do sono torto. Naquela época eu passava meses sem pentear ou cortar o cabelo. Nem sempre lembrava de passar desodorante ou cortar as unhas. Mas meu desleixo não desviava os olhos das pessoas da minha cicatriz. Todo o resto, só eu enxergava.

22.

RUI E CELSO NUNCA ANDAM SEM CAMISA OU DE CHINELOS NA RUA. Celso cuida muito da aparência. Deles, não da minha.

— *Um preto não pode andar largado.*

— *Um preto na rua sem camisa é um marginal.*

— *Um preto na rua sem camisa, de chinelos e suado é um bandido foragido.*

Todos vão mudar de calçada. Com medo.

Rui nunca tocou numa arma de brinquedo. Nunca. Nem numa *nerf* colorida, brinquedo que todo garoto do condomínio tinha. Celso contou inúmeras vezes a história de um garoto preto que brincava com um revólver de plástico e levou dez tiros de alguns policiais.

— *É um preto armado. Bala nele.*

Rui quis adotar um penteado Black Power, quando tinha quinze anos. Não queria mais cortar o cabelo baixinho, como era o padrão exigido pelo Celso. A recusa durou três dias. Celso deu umas porradas assustadoras nele.

Ficamos calados por uma semana. Pensei que a tensão nunca acabaria. Acabou na mesa do café da manhã, quando minha mãe fez alguma pergunta idiota ao Celso sobre requeijões cremosos, e ele respondeu com uma piada ridícula que envolvia vacas e bezerros.

Tudo voltou a ser como antes. Incluindo o penteado do moleque.

23.

ENQUANTO MUITOS COLEGAS EXPERIMENTARAM SEUS LIMITES COM BEBIDAS E DROGAS, eu me apaixonei pelas aulas de informática no meu colégio de riquinhos idiotas.

Ganho muita grana invadindo perfis e mudando poucos décimos nas notas finais de alguns alunos. Quando a direção do colégio notou que alguém mexia nos arquivos de notas dos alunos, não fez nada. Um colégio com tanta reputação não admite falhas.

Eu sou esperto, como o Jonas do hospital. Estou no terceirão, ano que vem começo o curso de Sistemas de Informação. Vou pra faculdade, e nunca mais olho na cara destes *playboys* imbecis do ensino médio. Eu tenho ódio desses adolescentes que viajam pra Disney, passam os feriados em praias fechadas, falam com o mesmo sotaque pedante, desfilam com tênis e camisetas de marca, e adoram programar festas que eu frequento somente pra pegar as menininhas ricas, atraídas pela minha cara marcada. Sim, o jogo virou.

Não sou ignorado. Um pouco antes de fazer quinze anos, eu comecei a usar a minha cicatriz nas conquistas.

As meninas ficavam impactadas e curiosas com meu acidente e as tantas variações que eu criava da história. Eu mentia cada vez melhor. Eu minto muito bem.

O que era desprezível virou admirável. Eu e minha cicatriz fazemos sucesso. Sou popular nesta merda de colégio.

A única menina com quem eu sempre sonhei namorar a sério foi a Lia. Mas bate um medo enorme de ser como meu pai. Eu não posso arriscar. A alternativa são os amassos com garotas que não significam nada pra mim, nem eu pra elas. Eu sou apenas uma excentricidade, um passatempo. Elas também.

24.

NUNCA TIVE VONTADE DE REVER A MINHA CASA VELHA, o meu bairro pobre e todos aqueles vizinhos com quem eu não interagia. Interação nunca foi o meu forte. Em lugar nenhum. Só me interessava pela Lia e com ela eu encontrava toda semana.

Também queria respostas sobre meu pai. Mas ele era assunto proibido. Como não tive ajuda, comecei a pesquisar na internet. Eu precisava saber onde ele estava. Perguntar a ele por que não me socorreu. — *Só eu me ferrei?*

Apesar das dores e incômodos nos meses de internação, eu sempre sinto saudades do tempo no hospital. O cheiro dos remédios, perambular pelos quartos, fazer amizades estranhas, conversar com enfermeiros, médicos e seguranças. Aquele era um mundo divertido e esquisito. Sempre que podia, eu pegava o metrô e ia matar a saudade. Mas no início deste verão tudo mudou. O Alfredo morreu, o Gilmar foi transferido pra um hospital distante. Apenas o Jonas continua no hospital, roubando materiais de limpeza e posando de funcionário exemplar.

25.

Quando o Rui namorou a filha dos nossos vizinhos posudos-loiros-brancos, eu quase admirei sua coragem. Os pais da menina ficaram muito revoltados, não deram apoio nenhum.

Quando o Rui apanhou feio por querer o Black Power e cedeu, eu xinguei muito. Ele ser controlado pelo Celso era um absurdo. É um absurdo.

Quando o Rui começou a conversar todos os dias com a Lia, e os dois juntos sorriam daquele jeito abobado que a gente sorri quando gosta demais de alguém, eu não fiz nada. Nada. Eles saíram duas vezes e o Rui a pediu em namoro. Eu não fiz nada. Eu não fiz nada.

Ensaiei falar o que sinto pra Lia inúmeras vezes e, em todas elas, eu desisti. O Rui, que merda, não teve medo.

Ano que vem vou pra uma faculdade bem longe. Não vou ficar por perto pra assistir ceninha de beijo e abraço. Pra continuar vendo a Lia jantar na nossa casa e depois se enfiar no quarto do Rui. Não aguento a cara de satisfação do Celso, porque o Rui tá pegando uma gata, porque o Rui tira notão na faculdade. Não aguento a cara de pateta da minha mãe pra tudo que acontece. Pra ela, tanto faz. Tudo tanto faz.

Ano que vem eu sumo de vez da vida de todos.

26.

Fui surpreendido no dia do meu aniversário de dezessete anos. Logo cedinho eu iria ao colégio e de tarde, ao cinema, ver um filme novo da Marvel. Mas minha mãe me acordou e pediu que eu faltasse as aulas pra passarmos o dia juntos. Celso viajava a negócios e o Rui viajava com colegas da universidade. Claro que, mesmo sendo calouro, ele já tem uma rede de amizades e inimizades no curso.

Achei estranho minha mãe entrar no meu quarto, pois desde a minha alta do hospital, nós pouco conversávamos. Anos de distanciamento. Eu me acostumei com a mãe que não gasta muito do seu tempo comigo.

Mas, na terça-feira em que eu fiz dezessete anos, éramos só nós dois de novo. Foi o primeiro e único dia em que ela esqueceu as regras de criação do Celso, pra não me mimar, não me agradar e, como resultado, me transformar num homem forte.

Tomamos café da manhã juntos e ela iniciou um monólogo-confissão que se estendeu até a hora do almoço. Comemos duas sobremesas e fomos ao cinema. De volta à casona, ela pegou meu celular e digitou no bloco de notas um telefone.

Esse telefone é do teu pai. Entra em contato com ele.

Depois se trancou no quarto pra descansar, sem explicar porque tinha o contato. No dia seguinte, só nos cumprimentamos, como de costume. Nunca vou esquecer o que me contou.

27.

MINHA MÃE, ESTELA MONTENEGRO SILVA, ATRAÍA OLHARES NO COLÉGIO, no supermercado, na igreja, na padaria, na quitanda, na lojinha de roupa, na farmácia, em todas as merdas de lugares do bairro em que ela morava.

Os meninos medrosos sonhavam com ela. Os valentes puxavam conversa, com cantadas ridículas, e a mulherada se roía de inveja. Ela era linda e estava interessada em dois rapazes. Um deles se chamava Lúcio Horácio Simões. Estudava no mesmo colégio que ela. Era rico, loiro, convencido e estúpido. Ela nunca soube explicar por que começou a gostar dele. Talvez porque fosse o padrãozinho de garoto ideal, naquele colégio cheio de gente com nariz empinado.

O outro rapaz não era aluno do colégio. Trabalhava na cantina, era mais velho, muito charmoso, um pouco cafajeste e se chamava João. Ela tinha certeza de que se cansaria de um deles, e enquanto não se cansava, saía com os dois.

Numa tarde qualquer, minha mãe procurou uma fundação que oferecia aulas de piano gratuitas. Não tinha certeza se queria aprender a tocar, mas o cartaz do anúncio, que ela viu no painel de avisos do colégio, era um cartaz tão lindo e o endereço era num bairro tão incrível que resolveu conferir. Não chegou a entrar no pequeno prédio da fundação. Na esquina ficou paralisada. Suas pernas amoleceram e ela quase desabou no chão. O pai dela, que é o imbecil do meu avô, saía de uma casa enorme, gramado verdinho, janelas branquinhas, telhado novo e muro com desenhos geométricos. Ele beijou uma mulher elegante, que carregava uma criança rechonchuda em seu colo.

O papel com o endereço do curso-gratuito-talvez-interessante caiu no chão no mesmo minuto em que o pai dela, o imbecil do meu avô, entrou num carro e saiu apressado.

Depois de levar uma cotovelada forte de uma velha zangada, que resmungou *A calçada é para andar*, minha mãe deu meia volta e foi pra casa chorando. Descreveu a cena pra minha avó ridícula e sentiu mais dor do que quando viu o pai beijando a bonitona, porque a mãe, minha avó ridícula, deu um tapa na cara dela.

— *Você não viu nada. Nadinha! Entendeu, Estela?*

A partir daquele dia, minha mãe começou a achar a vida sem graça. Arrasada com a situação, decidiu que era preciso ficar mais feliz, aumentou o tempo de diversão com os dois rapazes. E ficou grávida.

Ela estava louca pra sair de casa. Louca pra ser dona do próprio nariz. Mas a ideia inicial nunca foi ter um narizinho a mais pra cuidar.

Minha mãe falou com os dois rapazes sobre a gravidez. Em separado, obviamente, porque um não sabia da existência do outro. E nenhum dos dois sequer sonhava que ela não imaginava qual deles era o pai do bebê.

Lúcio Horácio Simões mascava um chiclete, que cuspiu na calçada do beco atrás da escola quando ouviu a notícia que minha mãe deu, falando devagar e bem baixinho. Ele gargalhou e, pela primeira vez na vida, ela foi chamada de piranha.

Dez minutos depois ela concluiu que amava o João.

João também gargalhou quando minha mãe contou da gravidez, mas a gargalhada foi alegre e de imediato ele fez um convite: *Vamos fugir, minha estrela*? Ela aceitou. Era um convite perfeito. Não houve tempo pra planos detalhados. No dia seguinte ela abandonou sua casa, onde tinha cama feita, comida gostosa e banho quentinho, pra começar uma vida instável e ganhar rugas com velocidade.

Não demorou e os dois entenderam que não seria simples. Meu pai ganhava uma miséria nos trabalhos provisórios que arranjava com muita dificuldade. Não tinha qualificação, nem experiência e tinha pouca disposição. Minha mãe, uma adolescente de dezesseis anos, não trabalhava e vomitava repetidamente, enquanto eu crescia em sua barriga.

Quando eu nasci, foi uma confusão inimaginável, além dos gastos não previstos. Eu era a criaturinha frágil que chegou causando um efeito devastador.

Minha mãe não manteve contato com os pais. Eles ficaram irritados com a gravidez, decepcionados com o genro pobre, com a fuga, com todas as escolhas erradas da filha. Ela também estava decepcionada com eles, mas isso não foi discutido.

Meu pai também fazia questão de manter o afastamento familiar. Foi criado por um tio distante. Não tinha noção de afeto. Não tinha noção nem mesmo do nome do próprio pai, pois não chegou a conhecê-lo e desconfiava, pelas conversas entrecortadas que ouviu, que a mãe fosse uma puta de beira de estrada. Do avô e da avó nunca ouviu falar. Morava na casa desse tio, que era um alcoólatra e ficava com mais da metade do salário que meu pai recebia na cantina do colégio. Esse tio chegava muitas noites no meio da madrugada, transtornado, e acordava o meu pai pra trocar tapas, socos, bordoadas. Só Deus sabe o que se passava naquela casa, nas madrugadas.

Esses foram os motivos que fizeram o meu pai convidar a minha mãe, que era uma gata, pra sumir daquele lugar. Melhor morar com uma garota linda, do que aguentar exploração, porrada e abuso de marmanjo.

Os problemas enfrentados pela minha mãe, nessa etapa de vida distante dos meus avós, não eram só a inexperiência comigo e a falta de grana.

Fomos morar num antigo conjunto de casas, construído pelo governo federal, décadas antes. Rapidamente o local se transformou numa das regiões mais perigosas da cidade. Um bairro-favela, uma comunidade dominada por uma facção criminosa. Nem todos os moradores eram envolvidos com o crime, claro. Moravam ali diversas famílias simples e honestas, protegidas pelos bandidos.

Homens e meninos armados circulavam pelas ruas, o comércio de drogas era variado e, a cada ano, mais promissor. Tudo era muito apavorante pra minha mãe, criada com as facilidades da classe média e os sonhos de riqueza e conforto.

Meu pai não teve competência pra se envolver com o tráfico, mas se envolveu seriamente com a cachaça. Bebia demais. Passava muito tempo nos botecos, e se tornou agressivo. Incontrolável. Uma cópia do tio.

Minha mãe ficou tensa quando notou o sinal amarronzado tomando forma bem no meio da minha bochecha esquerda, igualzinho ao sinal que o Lúcio Horácio Simões possuía. Mas a tensão durou pouco. Tanta gente tem sinal no rosto, no braço, na perna, na bunda. Morando num fim de mundo, longe de todos, ninguém se metia na nossa vida. Ninguém se importava com a gente. Minha mãe decidiu esquecer a questão da paternidade. A vida já estava uma merda.

Meu pai batia na minha mãe, nas noites em que ficava muito bêbado. Ela não conseguia se defender, nem entender o que estava acontecendo. Com ele, com ela. Com a vida. Ela não sabia lidar com a situação. Lidar comigo. Queria voltar no tempo e não ter engravidado. Não ter um filho. Eu.

Ela queria voltar a ser a gata que fazia os moleques suspirarem. Isso de filho na adolescência era injusto. Isso de morar com um cara que batia nela era injusto. Isso de não ter dinheiro pra nada, morar num lugar horrível era injusto. Ela não sabia o que fazer. Preferiu esperar que as coisas mudassem em algum momento. Eu tremia corpo inteiro, enquanto meu pai chutava os poucos móveis da casa.

Eu brincava muito com a Lia, a garota que se destacava pela inteligência e era filha da suicida maluca do bairro. Uma única vez eu brinquei com outra criança da minha idade, que morava na casa em frente, mas a brincadeira durou poucas horas. Eu arrebentei o moleque de pancadas. Minha mãe ficou assustada com minha força. Assustada, mas orgulhosa da minha capacidade de ataque e defesa. Como ela apanhava muito, sentiu alívio ao constatar que eu não passava pelo mesmo, sem reagir. Não era covarde como ela.

Numa das noites em que batia na minha mãe, pela primeira vez, meu pai ameaçou bater em mim. Ela imediatamente se adiantou:

— *Nele você não toca, você tem certeza que ele é seu filho? E se o pai for outro? Você bate, que eu falo com o pai dele, ele vem aqui e te mata, seu desgraçado.*

Depois da ameaça ridícula, feita quase aos berros, ela fechou os olhos esperando levar porrada até morrer.

Mas meu pai não ficou agressivo. Ficou em silêncio e saiu de casa.

Voltou dois dias depois, me fazendo um convite inédito, um passeio de carro. Ela ficou desesperada quando saiu do banho e a casa estava vazia. Me procurou em todas as casas da rua. Pediu ajuda às vizinhas, que se espalharam pelo bairro gritando meu nome. Algumas horas depois, todos souberam do acidente.

Com onze anos de idade a mancha sumiu da minha cara. Foi rasgada no acidente. Foi engolida pela cicatriz que ficou, mesmo com tantas cirurgias. A mancha era a minha única semelhança física com o Lúcio Horácio Simões.

O hospital possuía uma equipe de apoio a pacientes que sofrem abusos. Era um programa bem-sucedido do governo, muito diferente do conjunto de casas em que moramos. Assistentes sociais e psicólogos conscientizaram minha mãe da necessidade de proteção. Meu pai era perigoso e estava sumido, como garantir que ele não apareceria sem avisar? Acionaram Celso, um advogado de um escritório chique, que ajudava mulheres em situação de risco, gratuitamente.

Foi imediata a atração que ele e minha mãe sentiram. Coisa de novela.

Ele conseguiu ordem de restrição pro meu pai, que tinha anunciado no boteco do bairro, minutos antes de sair de carro comigo, que iria matar minha mãe e eu. Que nós não merecíamos viver. Que ela era uma puta e eu era um bastardo. Nenhum vizinho deu atenção ao discurso dele. Nenhum vizinho acreditava em nada do que ele ou vários outros bêbados contavam, ou berravam. Eram sempre histórias escabrosas, xingamentos, exageros.

Depois de me abandonar imprensado no carro, meu pai passou a ser odiado. Os que estavam no boteco espalharam o discurso de raiva proferido antes do acidente, e os homens, os que circulam armados pelas ruas, e garantem que os moradores não sejam incomodados, anunciaram que se ele desse as caras, sumiriam com ele na mesma hora. No bairro-favela nunca perdoam covardia com criança e velho. Meu pai se lascou quando me abandonou sozinho no dia do acidente.

Minha mãe não confiou somente na ajuda dos homens do bairro. A ordem de restrição do Celso trouxe alegria pra ela e pros meus avós, que se reaproximaram após o acidente. Desgraça une as pessoas. Basta ser maior que a desgraça que as separou.

Eu fiquei irritado com as dores fortes que sentia, com os muitos exames e cirurgias a que era submetido.

O acidente levou minha infância infeliz e trouxe uma adolescência desconhecida. Eu não conseguia definir o que era pior. E essa indefinição me angustiava.

Minha mãe sentia arrepios ao me observar. Eu alternava momentos de estupidez como os do Lúcio Horácio Simões e momentos de brutalidade, semelhantes aos do João. Era bastante confuso. Pra disfarçar o pânico com a situação, ela se dedicava a pesquisas médicas. Sua meta era consertar o meu rosto, até o Celso surgir e a possibilidade real de um casamento superar o conserto, superar toda a angústia que ela sentia. Celso foi o remédio para o pânico da minha mãe.

— *Uma cicatriz no rosto vai fazer esse menino amadurecer, meu amor.*

Celso não precisou falar muitas vezes. Convenceu minha mãe a deixar a cicatriz na minha cara. Ele sempre foi extremamente exigente com o Rui, porque ser negro nesse país é difícil. Ter uma cicatriz na cara também não facilita a vida.

Com dois meses de namoro, minha mãe e Celso começaram a planejar o casamento. Celso não faz ideia da dúvida que ela carrega, com relação à minha paternidade. Ele sabe que o meu pai era um bêbado muito violento. Celso tinha absoluta convicção de que não deveria dar moleza pra mim. Nada de carinhos e facilidades.

— *Genética é uma desgraça.*

Minha mãe absorvia todas as orientações do Celso. Ela tinha vinte e sete anos e o Celso é quinze anos mais velho que ela. Bem-sucedido, bonito, maduro, carinhoso. Reunia todas as qualidades que João e Lúcio Horácio Simões nunca reuniram. Ela queria tirar dos ombros o peso que carregava desde o meu nascimento, queria alguém pra decidir o que precisava ser decidido. Queria poder rir, gargalhar, se divertir, não se preocupar o tempo todo. Ela sentia segurança com Celso. Conseguiu se livrar da insônia e do medo.

O primeiro casamento do Celso foi com uma modelo que decidiu ir pra fora do país e não se interessou pela vida do filho, que é um ano mais velho que eu.

Fiquei surpreso. Eu tento estar sempre tão afastado de tudo que nunca perguntei sobre a mãe do Rui. Talvez porque minha mãe realmente se afeiçoou a ele. Eu e Rui nunca fomos grandes parceiros. Nunca nos sentimos irmãos. Celso e minha mãe nunca deram demonstrações públicas de carinho. Mas também nunca houve agressão. A única vez que teve porrada em casa foi no episódio do Black Power do Rui. Nunca entendi se a falta de carinho tem a ver com desinteresse, ou com os olhares de todos. Porque todo mundo olhava. Todo mundo olha. O mundo é cheio de hipócrita

Eu fiquei quase um ano internado no hospital. Meus avós concluíram que meu pai era um monstro capaz de me abandonar nas ferragens de um carro. Repetiam isso todos os dias. Meu avô é um homem pateta, louco por futebol, mediano em tudo o que faz. Quando ele critica o meu pai, faz pose de homem de família honrado, dedicado.

Minha mãe nunca conseguiu entender como ele mantinha ou mantém duas famílias.

Se não fosse o maldito sangue, a maldita culpa e a vida desgraçada que viveu com meu pai, duvido que minha mãe tivesse reatado as relações com meus avós.

Minha mãe tinha certeza de que eu e Lia namoraríamos. Crescemos juntos, e depois do acidente, quando a nossa vida virou ao avesso, e ela ficou cada dia mais distante de mim, seguindo a orientação do Celso: *Não mimar, não agradar demais, pra que ele cresça um homem forte.* Lia e eu continuávamos grudados, uma amizade inabalável.

Quem começou a namorar a Lia foi o Rui. Minha mãe ficou confusa com o namoro, mas não fez nenhum comentário comigo. Nenhum. Nunca.

Celso tinha um discurso pronto, que repetia desde o primeiro dia em que ela pisou na casona do condomínio chique. Ele não queria criar bêbados, preguiçosos, covardes que abandonam filhos morrendo encravados em ferragens de carro. Safados que batem nas esposas. Ele queria criar homens vitoriosos. Homens que não precisam de muita atenção ou frescura.

Minha mãe programa o jantar para ser servido quando Celso chega do trabalho. Um momento em família, quando assistimos os telejornais de todos os canais com muita atenção e os comentários são permitidos durante os intervalos. Rui adora fazer comentários sobre política e economia. Vou me livrar dessa imbecilidade logo, logo.

Ouvindo o relato da minha mãe, eu me lembrei de uma das primeiras noites em que nos mudamos pra casona do condomínio, iniciando esse costume do jantar em família, o cardápio era truta com molho de ervas e a sobremesa era uma bela mousse de maracujá. Na tevê passava uma reportagem especial sobre violência no subúrbio. As cenas eram fortes, a polícia prendendo mais de vinte menores de idade envolvidos numa apreensão de drogas. Mães chorando, muita gritaria. Policiais tentando manter a ordem.

A maior parte da entrevista acontecia na esquina de uma rua. A multidão era composta por homens barrigudos, mulheres desesperadas, garotos com melecas escorrendo pelo nariz, shorts velhos e rasgados, adolescentes amontoados em frente ao boteco onde o meu pai tomava as cachaças antes de ir pra casa bater na minha mãe.

Naquela noite, somente Celso e Rui conseguiram terminar o jantar.

Minha mãe também me contou algo que ninguém sabe. Ela esteve com Lúcio Horácio Simões. Faz pouco tempo. Foi num dia em que ela chegou muito sorridente em casa. Eu notei. Minha mãe e eu temos uma vida confortável, sem nenhum aperto financeiro. Ela tem a agenda da semana muito organizada, funcionários pra serviços diversos. Eu fico a maior parte do tempo fora de casa, pra ninguém me controlar. Não é fácil viver a vida rigorosa, cheia de regras, que Celso determina. Para se manter sã, minha mãe faz terapia, todas as terças de tarde.

A terapeuta atende num Centro Médico de alto nível. Lúcio Horácio Simões usava um terno caro e apertado, tinha olhos arregalados e muita olheira. Entrou na cafeteria do Centro Médico em busca de uma garrafa d'água com gás. Minha mãe segurou uma gargalhada maldosa. Reconheceu o garoto convencido e estúpido transformado num homem barrigudo e sem graça. Somente a mancha na bochecha esquerda continuava igual.

– *Estela?*

A xícara do cappuccino que minha mãe segurava quase foi ao chão, ela não imaginava que ele a abordaria, mas disfarçou o susto e inseriu Celso no diálogo louco: *Vou almoçar com meu marido daqui a pou*co, mas de imediato notou que Lúcio Horácio Simões não era o mesmo garoto do colégio, aquele que a chamou de piranha no beco. E a mudança não era só na aparência.

Ele se sentou encolhido, falou que estava feliz e surpreso ao vê-la, e contou que tinha sido diagnosticado como esquizofrênico há muitos anos, ainda no colégio, logo depois que ela fugiu. Ele fazia um ótimo tratamento ali no Centro Médico, o neurologista era muito conceituado, estudou e trabalhou nos Estados Unidos e na Inglaterra.

Descreveu com risinhos nervosos que costumava viver fases maravilhosas, outras um tanto atribuladas. Era difícil manter relacionamentos. Não conseguia ser estável. Expressar sentimentos. Se adequar a rotinas familiares. Casou quatro vezes. Os casamentos duravam pouco tempo, o mais longo durou um ano e um mês. Tinha dois filhos e desconfiava que um deles também fosse esquizofrênico, mas isso não atrapalha em nada a vida. Não era apegado a nenhuma ex-esposa, nem aos filhos. Minha mãe não entendeu por que ele começou a fazer aquela descrição detalhada, depois de tantos anos sem contato, e notou que ele balançava a perna esquerda e coçava a mancha da bochecha em pequenos intervalos de tempo, intercalando ajustes nas pontas dos cabelos ralos.

Elogiou minha mãe várias vezes, depois emendou em desejos pessoais, pretendia entrar na aula de pintura, fazer pilates, voltar a jogar tênis, viajar com mais frequência, fazer umas seis viagens exóticas nos próximos dois anos, iniciar um regime. Deixaria de comer chocolate. Tinha certeza de que nunca conseguiria ser vegano. Finalmente foi comprar a água com gás. Despediu-se de modo abrupto, com um olhar carregado de ternura.

Minha mãe voltou para casa muito feliz. Celso adorou sua disposição.

Como já comentei, o Celso é um homem disciplinado. Exige de si mesmo e do Rui um altíssimo padrão. Conduta irrepreensível. Para ele, a vida é uma grande competição em que eles devem se destacar. E eu, como seu enteado, também não devo fazer feio. Filho único, de pais que batalharam para que ele estudasse e que não viveram o suficiente para ver o seu sucesso, ele dificilmente relaxa. Acorda todos os dias pra encarar mais uma batalha. A única derrota que o incomoda é a antiga relação com a mãe do Rui, a mulher linda que trocou tudo pela carreira. Com a minha mãe, ele tem certeza de que não vai haver falha.

O período da fuga com meu pai, a gravidez e todo o tempo no bairro decadente é um pedaço de vida que minha mãe odeia, e pôde deixar encoberto, com o apoio do Celso.

Ela se acostumou a fazer cursos e cultivar hobbies. Inicia e abandona os cursos em poucos meses, perde o interesse. Celso não se incomoda com isso. Ela só não pode se cansar dele.

28.

A CONFISSÃO DA MINHA MÃE SE TRANSFORMOU NUM ROTEIRO que repasso na mente quando estou nervoso. Não sei se isso faz sentido. Minha cabeça dói. Sinto enjoo e raiva.

Cheguei meia hora mais cedo, pedi uma água sem gás e me sentei numa mesa ao lado da primeira janela, perto da porta de entrada. Local estratégico, vejo o movimento de fora e posso ir embora a qualquer momento. Era uma hamburgueria perto do nosso bairro. Dobrei e desdobrei um dos guardanapos de papel da mesa tantas vezes que o papel começou a esgarçar. A garçonete simpática e falante me fez pensar na Lia. Falou das opções deliciosas do cardápio e do céu azul, o dia bom pra nadar, a meia-maratona que aconteceria no final de semana, voltando ao cardápio para descrever as sobremesas. Ela tanto insistiu que, sorrindo, me fez pedir um cheeseburguer, batatas e coca. Não dei um gole, nem uma dentada. Estava com medo de me levantar e esmurrar aquele homem. Parte de mim desejava fazer isso.

Ele pediu uma cerveja, olhou pros lados, fungou, coçou o pescoço. Estava envelhecido. Seu bigode era torto, seus dentes muito amarelados, o cabelo mal cortado e, na camisa amarrotada, faltava um botão. A calça tinha nódoas e o tênis estava quase sem sola.

O meu pai.

Quando li a mensagem no WhatsApp eu fiquei zonzo. Duas frases mal escritas pedindo um encontro. Foi sua resposta às mais de vinte mensagens que enviei, ao longo de três meses. A cerveja estava acabando e ele iniciou uma narrativa malsucedida, descrevendo os últimos anos.

— *Esperei você fazer dezoito, agora é um homem. Não é mais criança. Fica mais fácil a gente se entender. De homem pra homem. É uma chatice ser pai de criança. Não nasci pra essa porra. Esposa, família. Ser funcionário com carteira. Ficar na coleira de mulher, de patrão. Preso. Gosto de liberdade.*

Eu sorri, não completei dezoito anos ainda. Meu aniversário é no início do ano que vem.

Ele errou as contas. Continuava me decepcionando.

Contou que morou uns tempos no Paraguai, na Argentina, no Mato Grosso, em Minas, em Goiás e

Florianópolis. Florianópolis ele repetiu duas vezes. Não dava pra saber se eram verdades ou mentiras. Se tentava me enrolar, inventando vantagens bestas que não me impressionavam.

Trabalhava com vendas. Muambas boas. Tênis, celular, camisetas. E uns esquemas de pirâmides que me explicou com arrogância e sarcasmo. Não era preciso detalhar muito pra eu entender a picaretagem. Afirmava que, se eu me juntasse a ele nos negócios, iríamos fazer sucesso. Repetiu três vezes: *Somos homens espertos, porra!*

Sorri mais uma vez. Ele não me conhecia. Não fazia ideia dos meus gostos, de como me comportava, do que desejava ser. Não sabia nada sobre mim.

Explicou que quis ser um bom pai. Ele se esforçou, até me levou pra passear aquele dia, mesmo sendo um saco tomar conta de pirralho.

— *E você era um pirralho mimado, puta que pariu!*

O dia do acidente. Não explicou por que sumiu, por que não me socorreu, como teve coragem de me deixar no local. Porque nunca procurou saber de mim. Não explicou as surras que dava na minha mãe. Não explicou a falta de contato, de interesse. Perguntou como era o Celso, e eu respondi com monossílabos. Perguntou como estava a minha mãe, e eu mordi o sanduíche. Não explicou se pretendia ficar por perto ou sumir de novo.

Finalmente fiz a pergunta que queria fazer há anos e não poderia fazer a mais ninguém.

— *E a puta que estava no volante quando capotamos? Ela se machucou? Você ainda tem contato com ela? E a garotinha? Ela é minha irmã?*

Ele debochou, me perguntou se fiquei apaixonado pela mulher. Repetiu duas vezes que eu tenho bom gosto, não esqueço de mulher gostosa. E gargalhou. Tossiu. Gargalhou tossindo. *E a garotinha?*

Coçou o pescoço. Tossiu mais uma vez.

Visitamos a mulher naquele dia, quando saímos de casa. Um apartamento muito bagunçado. E aquela garotinha brincando com uma girafa velha de pelúcia. Elas foram passear de carro conosco, a mulher tão bêbada quanto ele, a garotinha abraçada com a pelúcia amarela. Meu pai e a mulher aos berros, e ela, que estava ao volante, perdeu o controle. Naquele dia do acidente, eu tinha onze anos e estava atordoado muito antes das ferragens rasgarem minha pele.

Meu pai pediu outra cerveja e não respondeu minhas perguntas.

29.

Fazia tempo que eu evitava encontrar com a Lia. Ela e o Rui estavam sempre tão grudados e não me interessava estar com os dois. Me interessava estar com a Lia.

Depois do encontro com meu pai, eu queria muito conversar com ela. Contar que nada no encontro aconteceu como eu imaginei por tantos anos. Com a Lia era até possível que eu chorasse, xingasse, gargalhasse da situação. Reagisse. Desde o encontro com ele, eu experimentava uma sensação de dormência, de sono. Eu sentia saudades de quando ia com a Lia pra beira da praia. Nossas tardes inteiras de conversas. Eu sabia tudo da vida dela e ela sabia tudo da minha. Era impensável desconhecer algum detalhe.

Rever o meu pai decadente foi pior que os anos sem ouvir notícias dele. Na minha infância, ele era um homem enorme. Cruel, mas cativante. Ver de perto sua transformação foi deprimente.

Ele não sanou minhas dúvidas. Ele não pediu desculpas. Eu não recebi uma explicação razoável. Saí da hamburgueria com raiva. Antes, eu poderia sonhar com um pai melhor. Depois do encontro, nem isso poderia fazer.

Eu queria muito conversar com a Lia, mas deixei o tempo passar. Ela não demonstrava muita preocupação comigo, com meus planos e, por mais que quisesse, eu abafei meu desejo de falar com ela, ouvir sua voz. Sou bom em fingir. Escolhi fingir. Nos dias em que o Rui e ela estavam na casona, eu saía pelos fundos e demorava a voltar, ou me trancava no quarto.

Depois de alguns meses, num sábado chuvoso, Lia chegou em nossa casa. Eu estava deitado no meu quarto, desatento à série que passava na tevê. Esqueci de trancar a porta e ela entrou, com um sorrisão: *E aí, sumido?*, colocou o celular pra carregar na tomada junto à minha escrivaninha. Explicou que o celular estava sem bateria, ia esperar comigo o Rui chegar, eles iam ao cinema. O seu tom de voz era tão normal. Qualquer pessoa que a ouvisse afirmaria que conversávamos e nos encontrávamos com frequência.

Ela pediu meu celular pra falar com o Rui, e eu emprestei, sem nenhuma boa vontade.

Depois que mandou um áudio meloso pra ele, ela se jogou na cama ao meu lado, e por pouco não a agarrei e a beijei. O desejo ficou na minha imaginação, e eu sorri. Sou muito besta. Não adiantou de nada tentar escapar dela.

Ela começou a narrar, descrever. Lia sempre será craque em misturar assuntos. *Tem tempo que a gente não conversa*, ela repetiu e despejou montanhas de assuntos.

Enquanto ela explicava a correria dos estudos, um livro novo que estava lendo e amando, o trabalho na biblioteca, o irmão que bateu com a moto de um vizinho, eu olhava a pinta que ela tinha no queixo desde criança, os cílios longos se mexendo a cada piscada dos olhos, cílios que eram tão grandes e a deixavam desesperada quando acordava e um deles se enfiava pra dentro do olho. Encarei suas covinhas nas bochechas, e previ, segundos antes, a sua mania de alisar as sobrancelhas e jogar os cabelos pra trás.

Na minha cama, ela tocava um piano imaginário com os dedos no edredom e, mais uma vez, jogava os cabelos pra trás e alisava as sobrancelhas. Tudo ali era chamado de meu. Meu edredom, meu travesseiro, meu celular, minha escrivaninha, minha tomada, meu chinelo, meu armário, minha cama. Só Lia não era minha. Mas eu sempre serei dela.

Linda. Inalcançável. Uma merda, uma merda o Rui ter mais coragem, atitude. Uma merda o meu medo.

— *E você?*

Perdido em minha contemplação, não ouvia o que ela falava.

— *Eu, o quê?*

— *Otávio, para de viajar e presta atenção.* Ela gargalhou e eu a acompanhei. Nem me lembrava da última vez que tinha gargalhado. Era uma sensação tão boa.

Contei pra ela do encontro com meu pai, e ela ouviu atenta. Se virou pro meu lado, fez um cafuné rápido na minha orelha. Alisou inúmeras vezes as sobrancelhas, arregalou os olhos assustada. Me deu um abraço. Eu me arrepiei por inteiro. Perguntou se eu queria que ela cancelasse o cinema, e eu queria, mas falei que não.

— *Eu estou bem.*

Rui chegou e eu fiquei calado. Ela pulou nos braços dele e pediu desculpas pelo desencontro, explicou de novo da bateria do celular. Ele tinha ido buscá-la e ela já estava aqui, blá, blá, blá. Ele respondeu que a bateria dela estava viciada há uns tempos e era melhor ele comprar um celular novo pra ela. Rui está sempre resolvendo tudo. Eficiente, exemplar. Ela perguntou de novo se eu queria que *eles* — agora eram *eles* e não *ela* — *ficassem*, e eu de novo falei que não. *Eu estou bem.*

Rui não entendeu nada e nem fez questão de entender.

Ganhei um beijo na testa, uma piscadinha que me deixou molenga por dentro e um *Tchau, a gente se vê.* Estava em cima da hora da sessão, Rui já tinha comprado os ingressos, estava louco pra ver o filme, por isso eles correram, e como minha janela estava aberta, pude me apoiar no peitoril e acompanhar os dois de mãos dadas, numa corridinha de pés ensaiados, seguindo até o carro. Merda.

Lia foi embora, mas a voz dela ficou. A gargalhada dela ficou. Ela sempre fica.

30.

Esperei o Celso sair pra correr na manhã do domingo, que chegou com sol forte, pra encurralar a minha mãe. Na beira da piscina, ela folheava uma revista e eu me sentei ao seu lado, exigindo que ela me explicasse como tinha o contato do meu pai, por que me passou, por que me passou depois de tanto tempo. Ela ignorou meu nervoso e perguntou como foi o encontro. Ela sabia da porra do encontro.

— *Vocês se falam? Mãe, que merda é essa? Passei anos perguntando pelo meu pai e você nunca me respondeu. Ninguém me falou nada. E agora você parece a melhor amiga do desgraçado. Pode me explicar?*

Minha mãe aprendeu a dissimular. Eu, ela, minha avó, meu avô. Somos todos especialistas na arte da farsa.

— *Mãe, ele é um fracassado. Você mantém contato com ele? E nunca me falou? Celso sabe que ele tá por perto?*

— *Ele não sabe.* Ela respondeu com os olhos cheios de água.

Eu não sabia se era emoção, ou farsa.

Esperei uma segunda confissão da minha mãe. No dia do meu aniversário, quando contou tantas coisas, deixou de fora o meu pai. Fiquei esperando uma espécie de temporada dois, como os amantes de séries. Ela explicaria o que não explicou antes.

Domingo, segunda, a semana passou e ela nunca estava em casa. Frequentou todos os cursos e aulas possíveis. Puta que pariu!

31.

Seis meses se passaram. E, numa sexta-feira de céu azul e temperatura agradável, eu tinha um compromisso desagradável às onze da manhã.

Tomei meu café, comi pão de queijo, uns biscoitos e até uma maçã inteira. Nem sou fã de frutas. Demorei na mesa, me empolguei vendo no celular algumas dicas da cidade pra onde vou, umas fotos e vídeos da universidade. Um trote com calouros, uma formatura. Finalmente vou pra bem longe de todos. Emendei nuns trailers de dois filmes da Marvel que ainda vão estrear.

Minha mãe foi me apressar. Olhei para ela com desprezo. Terninho chumbo, óculos escuros.

Voltei ao quarto pra escovar os dentes. Escovei apoiando a lateral do meu corpo no alisar, observando minhas malas enfileiradas e prontas pra mudança. Meu quarto de anos naquela casona onde nunca me senti em casa de verdade.

Quando saí do quarto, avistei na sala a Lia sentada no colo do Rui. Uma cena que pretendia arrancar da minha mente.

— *Otávio, vamos contigo*, Lia falou, e eu não queria o *vamos*. Eu queria o *vou* contigo, que não saiu da sua boca. Ela e Rui se transformaram num só.

— *Não vale a pena. Volto logo.*

— *A gente almoça junto então? Amanhã você abandona a gente.*

— *Que drama*! Eu brinquei e sorri, sem confirmar, nem negar. O plural, que ela usava repetidamente, me enojou. A gente, nós. Ela e o Rui.

Não passamos nem um tempinho juntos — somente eu e ela. Mesmo depois que contei do encontro com meu pai, mesmo depois que decidi estudar noutra região do país. Nem assim ela pediu que eu mudasse de ideia. Só disse que lamentava.

Nem assim, prestes a me perder pra distância, ela me escolheu. Nem assim ela decidiu que me queria.

Fiquei encarando minha mãe, dentro do carro caro, durante todo o trajeto, pra criar desconforto. Sou bom nisso. Ela evitava me olhar, mas notou meu sarcasmo, minha raiva. Ela repetiu inúmeras vezes que fazia questão de me acompanhar. Eu me calei.

Caminhamos nos corredores estreitos, passamos por dois ajuntamentos. No primeiro havia choro, no segundo havia conformação. Paramos e aguardamos os homens que o trouxeram no carrinho com rodas. Tudo acontecia devagar naquele lugar inóspito. Perguntaram se podiam começar. Eu e a minha mãe autorizamos.

Eu comecei a contar as covas que eram ornamentadas com cruzes, as que tinham anjos, as que tinham fotos em molduras largas, as que tinham vasos de flores frescas e flores murchas. Eles desceram o caixão escolhido pela foto enviada à minha mãe por uma mensagem de WhatsApp. As funerárias facilitam a vida dos clientes hoje em dia.

Eram dois coveiros feios, magrelos e maltratados. Homens que se pareciam com ele. Ri ao pensar isso. Jogaram a terra com desânimo e eu ri mais uma vez — imaginei a disposição da dupla no final da tarde. O último defunto do dia demoraria uma eternidade pra estar sob a terra.

Por trás dos óculos escuros enormes, de grife cara, minha mãe chorava. Chegou a tremer um pouco. Eu ria e ela chorava. Nem um abraço eu ofereci. Ignorei. Desde o dia da hamburgueria, eu era apenas irritação.

O enterro de um pai merda. Uma morte estúpida. Ele ficou bêbado, começou uma briga num bar e não foi homem o suficiente pra vencer na porrada o outro bêbado. Discutiam futebol. Dois merdas que nem tinham dinheiro pra ir ao Maracanã. O outro arrancou dois dentes amarelados da boca do meu pai com socos, quebrou seu nariz, abriu um buraco na sua cabeça com uma garrafa e sumiu. Ninguém sabia dizer quem ele era, e onde poderia ser encontrado. Certamente era um bebum mais querido no boteco do que o imbecil do meu pai. A polícia nunca vai desvendar esse homicídio e o não-desvendamento não fará mal a ninguém. Eu nem me importo com o infeliz que matou o meu pai de forma tão humilhante. Que viva e seja feliz!

Meu pai morreu se esvaindo em sangue, com a cara enfiada num bueiro torto, na esquina do boteco de um subúrbio. Quando a polícia chegou, um trecho enorme dos paralelepípedos da rua estava avermelhado. Ficou bonito, feito pintura chique, de museu. O encarnado vivo de um homem morto.

Foi no meio do sangue, cacos de vidro e cachaça que acharam seu celular velho, com a tela partida. E nos contatos, o meu número: O filho. Na vida não fui nada pra ele, na morte era O filho.

Saímos do cemitério sem que eu chorasse ou lamentasse, muito menos consolasse essa mulher que nem sempre sabe ser minha mãe.

32.

LIGUEI PARA OS POUCOS CONTATOS NO TELEFONE DO MEU PAI. Queria saber quem ele conhecia. Eram apenas oito números adicionados. Um era dono de um bar, dois números eram de muambeiros, outro número era de um mecânico na zona oeste, outro de um agiota ou algo do tipo, pois berrou: *Porra, o desgraçado me devia, porra.*

Nenhum deles lamentou sua morte. O sexto número era o da minha mãe — minha Estrela. Ele mantinha no aparelho o apelido dado antes de eu existir, e que eu ouvi no dia da confissão da minha mãe. O sétimo número era o meu — O filho, e o último número era A filha. Senti calafrios e até decorei o número deste último contato. Liguei algumas vezes. Uma senhora atendia. Eu desligava. Não sabia o que falar.

Pesquisei o número, era o DDD de outro estado. Sul do país. No mesmo dia em que divulgaram minha nota do ENEM, descobri nome completo da dona do número, o nome do marido, o endereço.

Minha nota no ENEM foi uma nota muito melhor do que eu esperava. Podia escolher várias universidades.

Escolhi a universidade na cidade do Sul do país. Providenciei apartamento no mesmo bairro do casal. Minha mãe, Celso, Rui, Lia, ninguém entendeu minha escolha. E eu não me dei ao trabalho de explicar.

33.

MORO HÁ TRÊS MESES NESTA NOVA CIDADE. As aulas da universidade começaram e eu estou feliz neste lugar de temperaturas baixas, onde ninguém me conhece, apesar de todos encararem minha cicatriz.

A cidade não é plana e vou demorar um pouco a me acostumar com as lombas, como falam por aqui. Vejo loiros e loiras, olhos azuis e verdes o dia todo. Celso e Rui se destacariam neste lugar.

Pedi à minha mãe e à Lia que demorem a me fazer uma visita. Inventei que quero me adaptar primeiro, e blá, blá, blá. Nenhuma das duas insistiu, minha ausência não é incômodo.

Dia sim, dia não, eu passo em frente ao endereço que descobri. E sigo os três pela cidade. A casa deles é simpática, o casal tem dois carros na garagem. A menina estuda num colégio de riquinho, perto da minha universidade. Ela é muito sorridente. O casal está na meia-idade, são bem brancos, ambos possuem olhos claros e estão sempre arrumadinhos. Acredito que sejam aposentados, e tiveram empregos muito bons. O carro dele é elétrico, o dela é híbrido, e os dois são carros do ano. Zerados.

Eles fazem pilates juntos, num estúdio exclusivo, passeiam, com frequência, de mãos dadas, na Orla e gostam de comer numa cantina italiana. Caminham pelas ruas em torno da casa, todas as tardes, com um pequenino chihuahua.

O marido ainda compra jornais impressos de manhã cedo, na mesma banca, e a esposa gosta de caminhar numa feira, todos os sábados. Parecem avós da menina, mas já a vi gritando *Tchau, mãe.*

34.

A MENINA TEM A MINHA COR, os meus olhos escuros, o sorriso do desgraçado do meu pai e, se não estou confundindo tudo, o cabelo da puta que nos jogou no barranco.

Podem ser apenas impressões e ela não ser nada parecida com nenhum de nós, mas tudo em mim diz que ela é a menininha do acidente. E ela ficou melhor com o casal de velhos. Meu pai e aquela mulher não iam trazer nada de bom pra vida dela.

Ainda não decidi se faço amizade com os coroas ou com a menina. Nunca gostei de cachorros, mas estou planejando comprar um, pra iniciar conversa nos passeios de final do dia. Ou ficar de plantão na banca de jornal uns dias da semana e engatar em algum assunto sobre alguma das manchetes do jornal. Vou decidir com calma. Agir devagar. Eles podem reagir muito bem, ou reagir muito mal, e eu não quero ser pego de surpresa. Cansei das surpresas.

Quero planejamento, quero normalidade. Vou me preparar pra todo tipo de reação.

Eu observo, de longe, a menina. Em frente da casa, na escola, ou na sorveteria do shopping com as amigas, e sorrio sozinho.

Não sei explicar o motivo, mas tenho esperança de um dia sorrir com ela. Faz tempo que não sorrio acompanhado.

Alê Motta

Este livro foi impresso nas oficinas gráficas da Editora Vozes Ltda.,
Rua Frei Luís, 100 – Petrópolis, RJ.